Aladim e a Lâmpada Mágica

Era uma vez...

Stefania Leonardi Hartley
Ilustrado por Maria Rita Gentili

Há muito tempo, em um reino mágico do **LESTE**, vivia um jovem chamado **ALADIM**. Ele não era um rapaz trabalhador; na verdade, muito pelo contrário! Sua mãe lhe dizia que ele poderia ter sido **ALFAIATE** como seu pobre pai, que havia morrido quando Aladim ainda era muito jovem, mas o rapaz não a **ESCUTAVA** e passava os dias se divertindo e se metendo em **ENRASCADAS**.

Um dia, um velho **MAGO** bateu à porta de sua casa humilde e apresentou-se como um parente distante. Embora **NUNCA** tivessem ouvido falar dele, Aladim e sua mãe o receberam calorosamente. Depois de alguns dias, o homem **ANUNCIOU** que tinha que partir e sugeriu levar o jovem consigo, para torná-lo um **COMERCIANTE** de tecidos. Eles, então, partiram para o deserto.

Quando já estavam longe da cidade, o velho disse a Aladim que eles deveriam montar **ACAMPAMENTO**, e ele acendeu uma fogueira. Depois, tirando de um saco um pó **BRILHANTE**, aspergiu-o sobre as chamas, ao mesmo tempo em que pronunciou um **FEITIÇO** mágico e, de repente, uma grande pedra quadrada com uma argola prateada **EMERGIU** das areias.

O velho pediu a Aladim para levantá-la, pois debaixo dela havia um tesouro **EXTRAORDINÁRIO** escondido, reservado a uma pessoa de coração puro como ele. Quando o rapaz puxou a argola, descobriu o acesso a uma **CAVERNA** profunda e escura e começou a descer uma escada íngreme, iluminando o caminho com uma **TOCHA**: para onde quer que olhasse, ele via todos os tipos de tesouros e **PEDRAS PRECIOSAS**.

Aladim estava quase chegando ao **fundo** da caverna quando ouviu o velho gritar atrás dele:

— Se você se importa com seus ossos, não toque nas pedras preciosas! Mas vá mais longe, siga em frente e pegue a lâmpada que está no pedestal.

Aladim seguiu as **instruções** dele e, após passar por um longo corredor, chegou a um salão **maravilhoso** cheio de flores e plantas, no meio do qual havia um pedestal com uma velha **lâmpada** a óleo em cima. O jovem pegou-a e, segurando-a **junto** ao corpo, voltou pelo corredor e depois para cima novamente, todo o caminho até a parada das **escadas.**

O mago, que o esperava **ANSIOSAMENTE**, estendeu o braço e disse-lhe para entregar a lâmpada; porém, Aladim **EXIGIU** os maravilhosos tesouros que lhe haviam sido prometidos. Os dois começaram a **DISCUTIR** com tanta raiva que o velho, agora furioso, pronunciou outro de seus feitiços mágicos e a entrada da caverna se fechou **IMEDIATAMENTE**, deixando Aladim preso DENTRO dela.

Imerso na **ESCURIDÃO**, o rapaz resolveu acender a lâmpada para ter um pouco de luz. Enquanto **ESFREGAVA** o objeto com as mãos, de repente viu sair do bico uma nuvem de **FUMAÇA** azul.

Em um piscar de olhos, ele se viu diante de um gênio **GRANDALHÃO,** que lhe disse:

– **Ao seu dispor, mestre!**

Quando se recuperou do susto e da **SURPRESA,** Aladim percebeu que a velha lâmpada era na verdade o **TESOURO** mais valioso daquela caverna. Então, apontando para a pedra que bloqueava a saída, imediatamente ordenou ao gênio:

– **Com seu ombro musculoso ou alguma magia poderosa, gênio, remova aquela pedra pesada!**

Seu desejo foi prontamente realizado e ele finalmente saiu da **CAVERNA.** Como o gênio estava ali a seu **SERVIÇO,** Aladim decidiu pedir-lhe que o levasse de volta à cidade, mas obviamente não sem antes **VESTI-LO** com roupas luxuosas e dar-lhe um cavalo digno de seu novo status.

Enquanto seguia a caminho de casa, **vestido** como um príncipe, Aladim encontrou o desfile real e, ao ver a esplêndida **filha** do sultão, imediatamente se **apaixonou** por ela.

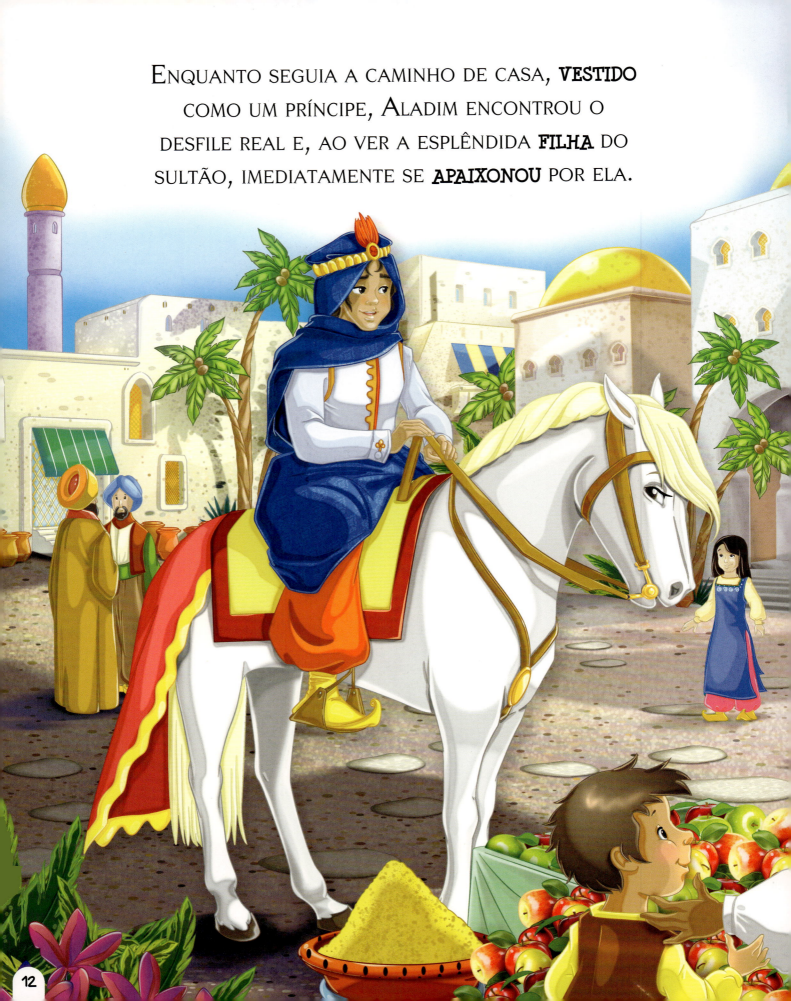

Então, ele decidiu ir à **CORTE** e pedi-la em casamento. Entretanto, o **SULTÃO**, ouvindo-o, declarou que Aladim teria a mão da princesa em **CASAMENTO** somente se pudesse construir uma habitação digna dela em **TRÊS** dias. Como podia contar com a ajuda do gênio, Aladim não desanimou. Ele pegou sua preciosa lâmpada, esfregou-a vigorosamente e exclamou:

— Construa para seu mestre e único senhor o maior palácio que alguém poderia ter!

Dito e feito. Em questão de **instantes**, um palácio maravilhoso, com colunas douradas e altos muros cravejados de diamantes e pedras preciosas, surgiu no alto de uma **colina** ao lado do palácio real. Maravilhado diante de tamanho **prodígio**, o sultão concordou com o casamento, que seria celebrado alguns dias depois.

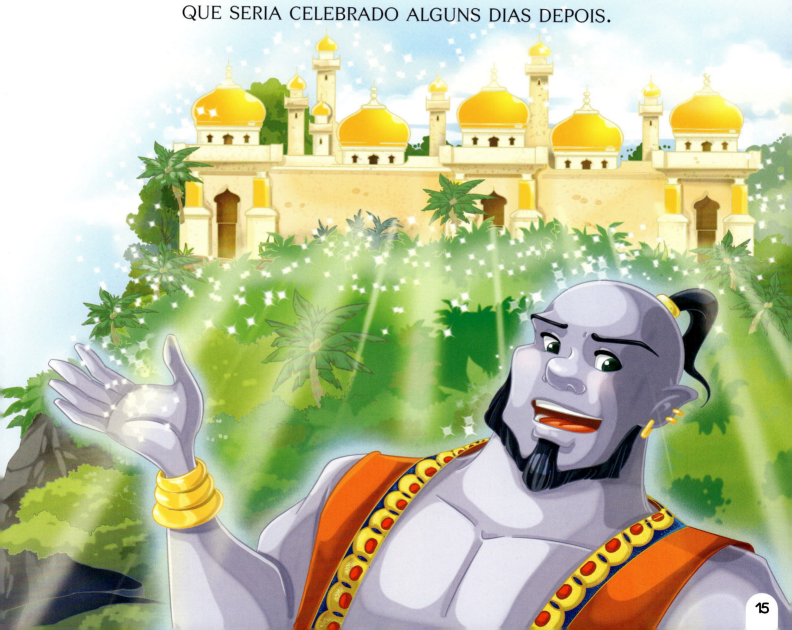

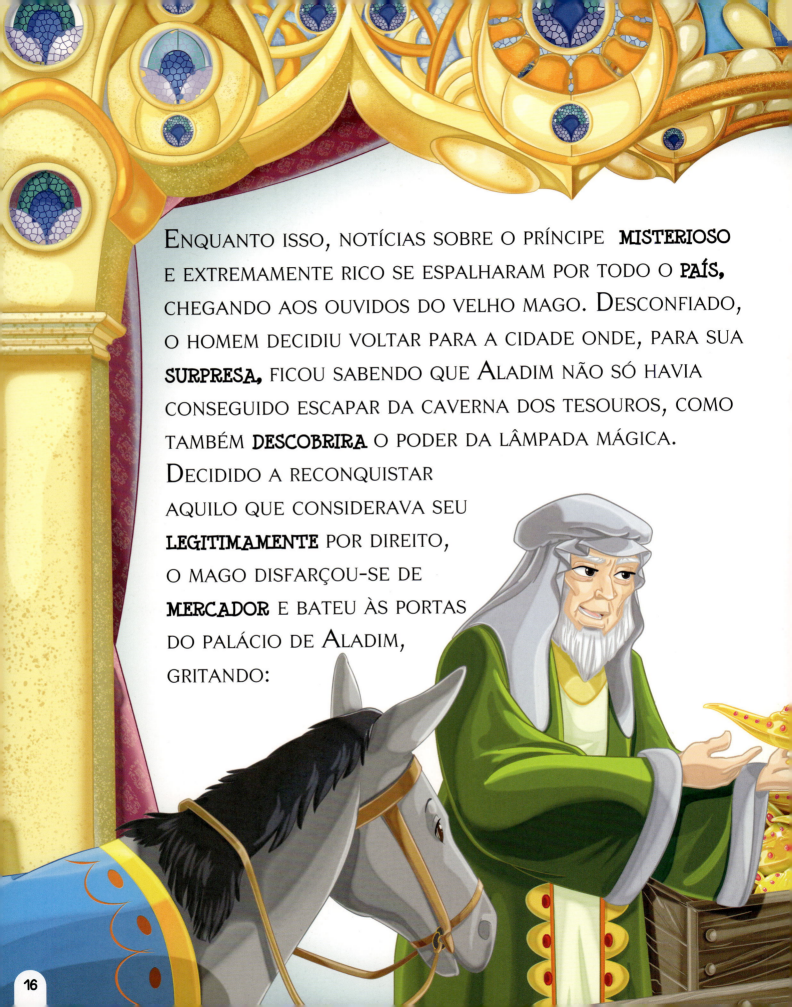

Enquanto isso, notícias sobre o príncipe MISTERIOSO e extremamente rico se espalharam por todo o PAÍS, chegando aos ouvidos do velho mago. Desconfiado, o homem decidiu voltar para a cidade onde, para sua SURPRESA, ficou sabendo que Aladim não só havia conseguido escapar da caverna dos tesouros, como também DESCOBRIRA o poder da lâmpada mágica. Decidido a reconquistar aquilo que considerava seu LEGITIMAMENTE por direito, o mago disfarçou-se de MERCADOR e bateu às portas do palácio de Aladim, gritando:

— Dou lâmpadas, novas e brilhantes, em troca de lâmpadas velhas, grandes ou pequenas.

Ao ouvir essas palavras, um servo **correu** para buscar a lâmpada velha que Aladim mantinha ao lado de sua cama e a entregou ao velho. Certamente seu **mestre**, que naquele momento estava longe do palácio, ao voltar o recompensaria por uma troca tão **vantajosa**.

Finalmente, segurando o **objeto** mágico em suas mãos, o mago o esfregou e o gênio logo apareceu, **ansioso** para realizar os desejos de seu novo mestre:

— Leve o palácio comigo e com a princesa para terras distantes e nunca revele a ninguém onde está.

Sem uma palavra de protesto, o gênio fez toda a colina onde ficava o palácio de Aladim **erguer-se** no ar. Em seguida, colocou-a na **palma** de uma das mãos e, com o mago de pé na outra, voou para o **céu,** rumo ao deserto.

Assim que **descobriu** o que havia acontecido com sua filha, o sultão mandou chamar Aladim e **ordenou** que ele encontrasse o palácio e salvasse a princesa.

Mesmo **SEM** a lâmpada mágica, o jovem estava disposto a fazer **QUALQUER** coisa para recuperar sua **AMADA** noiva e partiu em viagem. Depois de **MUITOS** dias no deserto, ele finalmente avistou uma colina com seu palácio **AO LONGE.**

Ao anoitecer, ele entrou furtivamente no QUARTO da princesa e a acordou gentilmente. Os dois amantes se ABRAÇARAM com ternura e JUNTOS traçaram um plano para se livrar do mago cruel de UMA VEZ por todas.

Na manhã seguinte, quando o velho estava **CORTEJANDO** a princesa na esperança de se casar, ela derramou em seu **CÁLICE** um pó que Aladim lhe dera. No primeiro **GOLE**, o mago adormeceu imediatamente. Dessa maneira, Aladim e a princesa puderam **RECUPERAR** a lâmpada, que estava guardada na masmorra, e despertar o gênio:

— Agora que voltei a ser seu mestre, grande gênio, jogue nas masmorras esse malvado e traidor! Depois, nos leve para casa. Por favor, não se esqueça do castelo e volte para a lâmpada sem problemas.

As ordens do jovem foram cumpridas naquele mesmo instante e o sultão pôde **ABRAÇAR** sua filha novamente.

Rodovia Jorge Lacerda, 5086 - Poço Grande
Gaspar - SC | CEP 89115-100

© Moon Srl, Itália
Todos os direitos reservados

Direitos exclusivos da edição em Língua Portuguesa
adquiridos por © 2017 Happy Books Editora Ltda.

Texto:
Stefania Leonardi Hartley

Ilustração:
Maria Rita Gentili

Tradução:
Ana Cristina de Mattos Ribeiro

Revisão:
Tamara B. G. Altenburg

IMPRESSO NA CHINA
www.happybooks.com.br

Dados Internacionais de Catalogação na Publicação (CIP)
(Câmara Brasileira do Livro, SP, Brasil)

Hartley, Stefania Leonardi
Aladim e a Lâmpada Mágica; Texto: Stefania Leonardi Hartley;
Ilustração: Maria Rita Gentili [Tradução: Ana Cristina de Mattos Ribeiro].
Gaspar, SC: Happy Books, 2024.
(Coleção Era Uma Vez)

Título original: Once upon a time - Aladdin and the Magic Lamp
ISBN 978-65-5507-446-8

1. Contos - Literatura infantojuvenil I. Moon Srl.
II. Gentili, Maria Rita. III. Série.

23-168450	CDD-028.5

Índices para catálogo sistemático:

1. Contos : Literatura infantil 028.5
2. Contos : Literatura infantojuvenil 028.5

Cibele Maria Dias - Bibliotecária - CRB-8/9427